KB206285

아름다운 립스틱, 저녁놀

아름다운 립스틱, 저녁놀

김금분 시집

늘 나의 곁이 되어주면서도

나에게조차 입이 무겁다

어느 시절에 행복이 있었는지

시는 알 것이다

지중해를 바라보는 여행의 하루

그 마음을 나누고 싶다

농담과 웃음이 통하는 허심탄회한 행간들

시에게 기쁨의 축전을 보낸다

2024년 10월 춘천에서

김금분

차 례

● 시인의 말

제1부

제3부

제1부

저녁놀

화장이 짙어지는 저녁놀

손가락질 못 하겠네

지구는 나이 들고

엄마들은 바람이 빠지고

태양은 몸이 뜨거워

봉숭아는 고개 떨구고

오징어는 다른 바다로 피신을 하고

봉분이 없어지고

시신은 불태워지고

숯불구이에 입맛이 들고

아이스아메리카노에는 얼음이 커피보다 많고

싸움이 붙어야 알아듣는 열 받은 귀

만나는 사람 숫자만큼 복제되다가

살 만큼 살고 떠나는

아름다운 립스틱, 저녁놀

맛

밥숟갈만 든다고 산목숨이냐
거품 걷어내다가 청국장은 졸아들고

바다로 착각한 청보리밭은 뚝배기를 넘어 파도인 척한다

냄새투성이, 먼저 코를 막는 시늉이 승자가 되는 세상
푸른 창문 사방으로 열어 냄새를 뺀다

보리밭은 푸르른데 청국장은 쿠룽쿠룽 동문서답이다

청국장 거품을 다시 끌어다 덮는다
온갖 잡내의 발바닥들이 끓는다

먹는 생각은 모든 길을 집어넣고 간을 보는 것
마주 보는 얼굴 하나 차이에 세상맛이 달라진다

예쁘다 의상실

샘플로 걸려 있는 무채색 체크무늬 원피스
교동 언덕 아래 몇 년째
쇼윈도에 홀로 나와 서서
해 떠서 해 질 때까지
봄에서 겨울까지
얼굴 가린 예쁜이는 색깔 바랜 옷 한 벌로 청춘이 간다
나는 저 안의 무던한 주인을 안다
처녀 적부터 맞춤옷 주문 받아 일하고
쇼윈도 예쁜이처럼 단벌로 돈을 번다
손재주 좋은 재봉틀은 계속 돌아가고
산천의 박음질 다 합치면 봉의산 몇 바퀴
공지천 찰랑이는 나이 먹듯
멋쟁이 드나들던 예뻤다 의상실,
그리운 담장 밑 목단화 붉은 꽃무늬
세월의 눈대중으로 봄 투피스 한 벌 새로 재단한다

너의 얼굴
― 구름과 여인 展

브론즈 작품 번호로 매겨진 유리 벽, 전시 기간도 숫자 따라 짤막하다
스무 점 남짓 퉁퉁한 조각 인물은 생몰연대가 동일하게 내걸린 동시적 운명
저 생은 절대로 손으로 만져서는 안 된다는 힌두의 불가촉

보이는 것 뒤의 무표정은 제각각 나를 본다
마른하늘에 빚어진 구름, 중년 여인의 주름살보다 뭉글뭉글해

풍요로운 하반신에서 쏟아낼
하늘 아래 여자 화장실
진열대를 뛰쳐나오고 싶은 급한 용무
그사이 기다리던 방문객 허탕 치고 돌아갈까, 참아야 하나

얼굴 속 구름을 움켜쥐고 다시 반죽하는
생전에는 만져보지 못할 전시용 우리 얼굴이 생몰을 건너고 있다

수국꽃

누가 더 약 올리느냐, 미련한 먹기 내기도 아니고
험한 강바닥 훑어
모난 돌멩이에 혀를 붙이고
쉴 새 없이 쏘아붙인 촉수들

이미 엉뚱한 물살에 휘말려
누구도 본뜻대로 흐르지 못하는 인생의 헛 강물

다 지나갔노라
다 흘러갔구나 멋쩍은 시간아

기를 쓰던 그 사람들이 그리워지누나
이렇게 맥 빠지게 흐르자고 여울목을 휘돌았다니

정신 사나워 깊은 잠 밀어내던 숱한 종주먹들이
수국꽃 피어나듯 가볍게 붕붕 뜬다

그만큼 시간을 바쳤으니 됐다,

남들은 아무것도 아니라는 것을 가지고
　인생을 들들 볶을 줄 알던 멍청한 우리가 진짜 인생 아니
었을까

　앞산에 안개, 하얀 수국이 가득 담겨 피어난다

융숭한 강물

초여름 소양강 기슭에

푸들쩍

공중제비 잉어

수면 위 숫구친 자리에

아침 햇살 따라다니며

참 잘했어요, 동그라미 파문으로 응원한다

산란의 몸 트림

싱싱한 수초 속에서

출산기 잉어 떼들이

막판 진통 토해낼 때마다

함께 힘을 모아주는 이 땅의 젊은 산모들

만삭의 풍어가 뭉텅 쏟아지는 아침 강

여명의 보랏빛 출혈

산후 몸조리 도와주는 맑은 하늘과

햇비늘 생명을 받아안는 융숭한 강물

꽃 헤어

왕벌이 제 맘대로 꽃 속을 헤집어 다녀도
태풍이 세차게 흔들어 머릿속을 헝클어 놓아도

그들이 조용해질 때를 기다리다 보면
들판의 꽃들은 저마다 알아서 제 스타일을 찾는다

가장 잘 어울리는 머리 모양으로
계절마다 단장시켜 주는
단골 미용실,
꽃잎마다 갖은 멋을 부려 내놓는다

철문

안개 키는 무 자라듯 하고

소양 1교도 봉의산도 한 이불 속에 발을 넣은 채

나의 느린 발등까지 끌어들이고 있다

맥문동꽃 진분홍빛 돌아보면 바로 지워져

정훈희 안개가 젊었을 적 목소리하고

다르게 흐르는 시간을 간다

저음에 발맞춘다

며칠 전 육이오 특집 방송에서 안개를 부르던데

나 홀로 걸어가는 내 안의 전쟁 기념은

몇 주년인가

총탄 자리 수두룩 잠자고 있는 춘천대첩 교각까지 걷는다

한 치 앞이 안 보이는 안개 늪

종신 안개 물버드나무는 백발로 가장하였다

얼굴 밖으로 어떤 총성도 승전보를 살려내지 않는다

서로를 조용히 덮어씌우는

철문보다 답답한 세상의 딴청

안개조차도 위아래 원로가 없다

안개를 꿀꺽꿀꺽 먹으며 하얗게 걷는다

백암산 애기 진달래

민통선 이북 출입증 목에 걸고

대한민국 최북단 백암산 케이블카에 오른다

오월은 등꽃 만발하고

산에는 신록이 첩첩이다

전방으로 가는 백암산 1,178m 고지

그 높이까지 하늘도 쾌청하다

전망대에서 바라보는 저쪽 풍경들

그곳도 오월이다

등을 지고 광장에서만 허락된 사진 촬영

그 경계 맞닿아 철 늦은 애기 진달래 활짝 폈다

산 아래 숙성한 진달래는 꽃 진지가 언제인데

백암산 정상까지 혼자 올라와

꽃잎도 작고 발 디딘 초소도 아슬해

북쪽 바라보며 앙증맞게 보초 서고 있다

한그루 꽃 철조망 그어놓고

백암산에는 두리둥실 뭉게구름 넘나든다

애기 진달래 신참 보초병에게

산 하나 다 맡기고 케이블카 내려간다

산판 운전수

칼바람 가파른 겨울 산을
한 바퀴 두 바퀴, 공중 바퀴
살얼음 벼랑에 굴러떨어져
살아나기는 글렀다고 함박눈까지 쏟아지고

산판길은 외통수,
죽기 아니면 살기로
죽음과 맞바꾼 한쪽 눈
하루 일당이 평지 운전수보다 높게 치니까
(지금은 하루 칠십 만원)
어릴 적부터 산판 조수로 따라다니느라
살아생전 시내 전셋집은 꿈도 못 꿔봤다는데
게다가 3층 건물주에서 다시 원룸 빌딩사업자라니,

편한 일만 찾는 시대여서
이제는 몇 남아 있지도 않은 고등 기술자
그가 아직도 산판을 떠나지 않는 동안
계곡도 벼랑도 함께 나이 들어

뭉툭하고 꾀 없이 생긴 트럭 운전대 잡고

가난의 공회전 인생의 산판도로 헤치며
집의 힘은 좋은 재목에서 나오는 거야
벌목한 대들보를 부려놓는 자부심

그렇지만 산은 늘 서로 어렵다고
돈 자랑을 절반도 하지 않는 일등 산판 운전수

콰이강의 다리

콰이강의 다리를

꽃무늬 양산 쓰고 걸어갔네

비장한 영화를 떠올리며

휘파람 행진곡에 발을 맞추네

한 시대는 떠내려가는 포로들 죽음으로 다리를 놓고

끝까지 매달려 폭파가 되었는지

줄거리가 뚝뚝 끊기는

시커먼 철로는 구경거리로 남아

만국의 언어로 북적이네

폼 잡고 웃으며 김치를 외치네

시큼한 기차는 오지 않고 기다리는 사람도 많지 않네

콰이강을 바라보며

세상일 저만치서

다리 난간에 기대었네

비극이 저리도 물살이 세었던가

멈출 수 없는 휘파람 행진

그 박자에 발맞춰 휴전의 땅 한국에서 여기까지 온 것
인가

저벅저벅 들려오는 군화 소리

햇빛 찬란한 깐짜나부리

눈앞에서 기차가 지나갔다

휘파람 남기고 가는 콰이강의 다리

들쥐

비스듬한 각도의 햇빛과
가을꽃 누르스름 음전하다

소양호까지 이어지는 한산한 아침에
석축 틈틈이 배겨 있는
들쥐 집성촌과 깜짝 맞닥뜨린다
무엇을 물어 나르는지
연신 드나드는 저 쥐방구리들
나름의 방공호는 마른풀로 가려 있고

오호, 고것들
한 마리 서너 마리 복병들까지
나도 멈춰서서 쥐눈을 뜨고
저들을 따라 눈빛을 굴려본다
요기로 조기로 눈 맞아서 부산스럽다가

세상의 뉴스처럼
저것들이 한꺼번에 덤비면

나 혼자 당해낼까

재미로 시작했는데
중간에 뭔 마음이 발동했는지
눈싸움으로 번지는 미물과의 경쟁
본의 아니게,
어두운 그들의 방을 기웃거리는 나를 놔두고
싸움 구경하던 청둥오리는 성큼성큼 보폭을 넓힌다

주민등록

싱거움이 뚝뚝 떨어지는 비 오는 날
몇백 년 절은 그리움을 먹어봤니?
밥 동무를 부른다

목숨 수壽자 새겨진 이마를 마주 대고
빗물에만 말아먹어도 백 가지의 맛
이렇게 너와 나의 삼시 세끼는
말소되지 않은 주민등록처럼 살아 있어
가끔씩 면사무소에 가서 한 통씩 떼어보고는 해
거기는 따뜻한 집 주소가 있거든

나무 숟가락 구렁에 걸려 있는 큰 바윗돌
네 입에서 내 입에서
서로 가볍게 덜어내 주려고
지구 무게 만큼씩 흙을 퍼낸다

자꾸 그리워져서 시시때때로 시냇물이 먹히는
전에 살던 주소,

두 무릎 지상에 엎드려 손바닥으로 고이 받들고 있다

생색

이 세상 왔다가 공을 세우지 않고 가는 사람 있으랴

그러려면 이웃의 뒷거울이 있어야겠지

그 고마움 잊고 혼자 다 차지하려면

눈총 맞아 쓰러질지도

그 짐 독차지하려고

눈동자 빨갛게 물드는 판에

욕심 없이 가는 구름이 밀어 주기 전에는

누구도 혼자의 공으로 살아가기 어려워

생색의 신발이 제 발에 걸리면 안 되지

알건 다 알면서 입을 다문

딴 세상 먹은 맘 없이 공을 세우는 낮은 꽃들아

무궁화

무궁화는 꽃이 아니라 시민이다
팔월 들꽃 광장에서 모두가 비 맞을 때
무리에 섞여 비탈을 디디고

저 자태는 비장한 노래이다
긴 둑방길
오롯이 한 그루
애국가 1절이 떠오른다

빗물 가득 담은
분홍빛 얼굴
무궁화 삼천리
아침 세숫물이 참 맑다

허명虛名

파도 저 너머에 의자가 놓인다
앉을 새 없이 밀려가는 틈에도
앞자리 노리는 미련한 파도
속 뒤집어가며 거품 물고 달리다가
모래밭에 태질을 하는
크리스털 명성들,
명사십리 해당화 철 지나듯
뒷심 빠진 파도의 모든 이름

가을 달래

봄에는 냉이, 씀바귀 친구 보러 다녀간 거야
아지랑이 눈웃음에 한창 홀렸다 간 거지
보리와도 닮았으나 나는 부드러운 속살
봄 들판에 껑충 남아서
키 큰 장다리처럼 크고 둥근 꽃 모자를 쓰지
이모작의 일 막이 끝나면 다 녹아 없어져
선선한 가을에 만나자고 봄에 헤어진 거야

그 사이 여름이 오지
뜨거운 날들이 이글거려도 내 몸은 알아
곧 입추가 다가온다는 것을
나는 가을 달래야
진짜 맛은 가을에 있다고
가을 달래꽃이 피어야 진짜 가을이라고
들판에 오래 산 사람들은 다 알아
오늘도 이 이야기를 해주드라고
가을 닮은 친구가 진짜라고

말벌

벌아, 검은 옷을 좋아한다는 상주야
지붕과 서까래 사이 초상집이 있는지
느릿느릿 줄지어 들고 나는 날개 짐승아
가을 햇살이 문상길 따라나서는구나

슬픔인지 위협인지 저공비행 대열로
이 골짜기 혼자 사는 집주인
바깥출입 뜸한 문지방 너머
적막을 주고받는 신발 몇 켤레

필생의 독침 한 방 날려보지 못하고
목숨에 필적할 사랑 한번 못 해보고
한세상 빙빙 돌다가

힘 빠진 엉덩이 쭉 내밀고
퇴각군의 자세로
겨울을 맞이하려느냐
너도 한 철, 나도 한 철, 날개도 한 벌

고스란히 벗어놓고

앵두

망종 지난 유월에
'앵두 따러 올 거지?
다닥다닥 말씀도 아니야'
작년처럼 전화가 왔다

고향 친구네 집
마당 한 켠 우사가 있고
상추 머우 치커리 가득한 텃밭

친구 아내는 얼마 전 위 전체를 드러냈는데
앵두는 작년보다 암팡지게 열렸다
늦은 점심을 먹고 있는 내외
물에도 체할까 봐
애잔한 부부의 속정이
앵두 속처럼 말갛게 들여다보였다

뜨거운 대낮 뻐꾸기 산비둘기
앞산에서 뒷산에서

뻐꾸욱, 구욱국

앵두나무는 그럴수록 키 작고 바라진 가슴팍에

정말 말씀도 아니다

방금 쏟아놓은 연어알같이

숨결이 따끈따끈한 앵두 세 바구니 따놓고

몸 가벼워진 나무에 파란 하늘 걸터앉아

땀도 식히고 산바람도 쐬는 틈에

위가 없는 아내는 그새 연한 푸성귀를 뜯어서

앵두 가장자리에 솜씨 좋게 담고 있다

꽈리

장마 끝 염천 텃밭에
우환이 깃든 집안 형편도 모르고
꽈리 넝쿨 있는 대로 붉게 익었다
제철에 거두어야 할
고추, 가지 일손이 아쉬운데
한 번 쓰러진 아낙은
몇 년째 6인실을 벗어나지 못한다
아내만큼 예쁜 꽈리를 벽에 걸어놓아도
왼종일 비어 있는 방

작년에 장만한 고춧가루, 사과 가루, 표고 가루, 석이버섯
냉동실에서 요양 중이다
기다리면 뭘 해요
누나 친구들에게 나누어주는 구만리 농부

마주 보이는 팔봉산이
힘내라고 어깨를 두드려준다

밭둑길 돌아 나오는 누나들은

꽈리가 어쩜 이렇게 빨갛지?

버스킹

거리 가수 기타 앞에 tip 통이 놓여 있다

강물도 흐르고 초여름 소금산도 푸르른데

노래 실력은 더없이 울창하다

나무 벤치와 플라스틱 둥근 의자에 객들이 머물다 일어
선다

한번 다녀온 출렁다리여서 일행들만 보내고

공연을 즐기는 동안 바람도 햇살도 어쩜 이리 좋은가

내 안에 젊음의 행진곡 그때 그 노래들,

지폐 한 장씩 기분 좋게 넣어주는 공원의 버스킹

이 풍경은 산에 오른 것보다 절경이다

어깨춤 추며 지나가는 가붓한 오월 산들바람

오늘 하루 이 푸른 날

청오이 베어 문 듯 상큼한 하늘맛이다

제2부

열두 명의 붕어빵

열두 명 친구들이 청계산 입구에서

밥을 먹었다

목소리만큼 먹성도 좋아서

배들도 여간 아니다

후식 역시 커피보다 걸쭉한 쌍화차를 더 많이,

차례대로 말을 시킨다

갑자기 얼어버리는 얼굴들

어릴 적 책 읽는 모습이다

헤어지는 길목에서

금방 구운 붕어빵을 나누어 먹고

어두워지는 간이역을 떠난다

나와 동행한 친구는 역에 도착하는 대로

이 저녁에 일하러 나간다 한다

저녁 일곱 시부터 열두 시까지 운전대 잡으면

십만 원은 벌 수 있다고

그냥 이대로 집에 들어가 자면 그 돈 누가 주냐?

택시 운전 월급 백오십 만원

추가 수입은 업주와 팔 대 이

부제가 풀려서 자유롭게 일할 수야 있지만

돈 욕심으로 무리하면 몸이 못 배겨나지

친구네 회사는 근무 환경이 별로여서

화장실에서는 코가 떨어져 나갈 만큼 암모니아 가스 가득

하고

안 쓸 수 없어서 볼일은 본다마는

고지식한 사장님은 늘 돈이 없으시단다

오늘 하루 열두 명의 친구들은 다 고만고만 붕어빵 같으니

대청소

삼 월 일 일에는 태극기 달고

대청소하고 싶다

새봄의 독립선언문 꽃들에게 낭독해 주고 싶다

33 의인의 화분에 물을 뿌리고

잘 닦은 유리창에도 얼굴 비춰보고 싶다

오등은 자에, 나는 베란다에

비둘기가 떨구고 간 깃털을 쓸고

긴 겨울 걷어낸 봄

빈 화분에는 아지랑이를 심어둬야겠다

햇빛 가까이 간이의자를 놓고

애국의 두 팔 활짝 벌려 기지개 켜고

기미년 삼 월 일 일 정오의 첫 음정을 제대로 잡고 싶다

내친김에 무거운 종이책도 내놔야겠다

갑갑해하는 오독의 글자들을 해방시켜 주고

날아가서 춘삼월 꽃이라도 되렴

내 얼굴도 독립!

만세삼창으로 봄맞이 대청소 끝!

원통 장날

할머니 점원들이
건성으로 물어보고 지나치는 행인들에게
혼잣말로 흥정을 한다

메주 누룩 대추 콩 온통 바싹 마른 것들
번호 매긴 점포 문짝도 덜거덕 이가 맞지 않아

억지로야 사겠니, 내 명치 아래로 조금만 더 마음을 삭이
면 되지
한 장場 닷새 뒤로 넘기면 되지

질금 한 됫박 수북하게 배를 내민다

매상을 올리지 못한 장터 끝 노란 수선화가
원통 봄 햇살 푹 떠서 할머니 빈 속에 넣어 드린다

작명

금붙이가 되어 드리지 못했다

태몽에서만 금비녀, 금가락지, 온통 번쩍거리는 장신구였던

양조장 술 거르다가 배가 아파져 끙하고 낳았다는

꿈에 걸려 이름자 가운데에 금을 새겨주고

순하게 자라는 덕에 학교도 일찍 보내고

그다음에는 흐르는 대로 키운

이름이 웃기기도 하고 촌스럽기도 한데

동네 이름까지 엎친 데 덮친

그 안에서 참 별일 많았지

여름밤 고려영배사 가설극장이 들어오면

어머니는 나를 포대기에 업고 입장하셨지

캄캄한 밤중에 돌아오다가 논두렁에서 구르고

어느 가을날,

문 닫힌 아파트 계단에 국화 한 다발 안고 기다리시다가

애야, 국화꽃에서도 쑥 냄새가 나는구나

팔순을 바라보시던 그 얼굴이 환해지셨지

젊을 때는 박꽃 같았단다, 나도

한복 맵시가 있으시던

금분아, 내 이름을 제일 많이 불러주시다 돌아가신 어머니

금송아지라고 불러주시던 동네 분들도 다 가시고

어려운 일 있을 때마다 꿈에서 도와주시는 금분이 엄마

영사기 돌아가듯 빗줄기 줄줄 흐른다

육림공원 호랑이

춘천댐 수문은 물이 벅찰 때 열리지
기어코 가슴 터질 듯 물안개 뿜어대지

발전소 아래 소풍 길 북적이던 사농동
육림공원 호랑이 으르렁 들었다 놓을 때
우리도 한창 들떠서 김밥을 말았지

유행하던 등나무 바구니 끌러놓고
깔깔 까르르 뱃속 아이도 꽃바람 들이키며 발길질해 댔지

꽃분홍 바지를 입고 휘젓고 다녔지
공원은 팔랑팔랑 목청을 키우며 따라 뛰었지

경중경중 세월도 정신없어
물 빠진 벚꽃들만 남기고
붐비던 매표소는 어디로 갔나

빈 부챗살 돌리는 공중 놀이기구

이 마을 저 마을 소풍 왔던 아이들 다 자라
다들 제 삶의 공원으로 떠났는데

이제는 진부한 소풍 길 되어
후광이 없어진 낡은 창살
어슬렁어슬렁 뱃가죽이 등에 붙은 늙은 호랑이가
눕지도 못하고 혼자 남아 기다리는 소풍 전날 밤

강돌

나룻배 없어도 출렁이는 강,

갑자기 시킨 노래 한 곡에 얼굴 빨개지던 소풍날,
웃고 있는 그 강에 자꾸 돌 던지던 날
지금도 그런 날 있다

강돌을 뒤지며 보물 찾던 곳,
동그라미 표시 속에 연필 한 자루 숨어 있었다
지금도 그 비밀 찾아낼 때 있다

팔봉강 물 안팎엔 손안에 쥘 만한 돌이 많았다

아무거나 집어서 그 강에 던지고 돌아서면
팔봉산 아래 떨어지는 물소리
지금도 풍덩 어머니 가슴에 깊이 떨어질 때 있다

파랗게 줄지어 피는 돌나물이 손주먹을 쥐고 따라 한다
강돌은 여물어가고 산 아래 노랫소리

물살에 섞여 무한정 그리울 때 많다

어미

나 줘, 나 줘
새끼 입은 여럿인데
먹이를 주는 젊은 어미는 어떻게 순서를 알까

그중 가장 입을 크게 벌리고
가장 샛노랗게 짖어대는 새끼에게 먹이를 넣어준다던데
필사적으로 배고픔을 절규하는 새끼야말로
아무것도 먹지 않았다는 뜻
엄마는 그걸 알지 않느냐는 뜻

마루에 물똥 내지르던 제비 새끼들은
어미를 졸라대던 몇천 날의 먹이를 기억할는지
젖 먹던 순서를 잊어버리지는 않았는지
날아간 뒤 소식 뜸하면 잘살고 있다는 뜻

엄마는 그렇게 알고 있겠다는 뜻

빈 젖통 잿빛 둥우리

처마 끝 우체통에 물들어가는 가을날 편지

光中

光中, 직사각형 배지가 촌스럽다고 생각했다

백합꽃 그려진 동그란 배지, 시내 여중생을 동경하였다

남녀공학, 허허벌판에 교실 두 칸, 전교생 34명

그 전 해에 국회의원 후보자가 선거 연설 중에

'내가 당선되면 이 마을에 중학교를 세워 드리겠습니다'

그의 당선으로 신설 공립 중학교가 생기고

1회 신입생들은 나이도 들쭉날쭉

수업보다는 울타리 나무에 거름 주고

자갈밭 돌멩이 주워 나른 시간이 더 많아

어느 날, 등교하자마자 교무실로 불려 간 여학생 셋은

담임 선생님한테 다짜고짜 뺨을 한 대씩 정신 나게 얻어
맞았다

'어제 집에 바로 가지 않고 숙직실에서 박 선생님이랑 화
투 쳤지?'

늦게 오는 버스를 기다리는 사이 잠깐……

매 맞지 않고서는 하루가 안 끝나는 남학생들과

축구 배구 섞어서 운동장을 뛰었다

팔봉산 당굿 날 구경한다고

둘째 봉우리를 직선으로 치뛰어오르기도 하였다
공부는 경쟁하듯 뒷전이고
나는 산더미같이 배달되는 펜팔 편지를 몰수당하고
교장 선생님께 호되게 야단을 맞고서야 책을 잡았다
네모난 배지 탓이라 여겼다
촌사람보고 촌스럽다는 맞는 얘기도 당사자가 들으면,
이십 리 안팎에서도 멀다 않고
나이도 서너 살 차이 동급생들이 삼 년을 어울려
무사히 졸업장을 받은 동창들,
고마운 고생과 우정, 정치인의 약속, 배지의 열등감
한 시대의 막대그래프 속에 우뚝 솟아 있다

냉소적 촌티

참 냉소적으로 보았어요, 첫인상 말이에요
저 표정은 뭘까?
토착 지성인가?
눈이 마주치면 슬쩍 십오도 각도로 외면하는
저 사람,
시도 쓴다 하고 지방정치도 좀 했다 하고

임지를 옮기는 회식 자리에서 털어놓는다
한참을 쫄았다는 농담 곁들여
얼마 안 가서 본심을 알아보았다는,
저는요, 누구를 빤히 못 보기도 하거니와
갑자기 눈이 마주치면 어색해져서 그런다니까요

속 풀린 건배사 돌고 돌며
냉소를 주제로 이별 자리가 따스해졌다
술과 물,
서로 다른 주종이지만
어울리니 어느 액체에 취한지 모르고

자, 모두 냉소적으로 바라보세요

기념사진 한 장으로 마무리

냉소적 첫인상을 다시 지어본다

책 읽는 밤

책을 읽고 성경을 읽고
평온으로 가는 시간이 새벽까지 길다
사랑을 경쾌하게 쓸 수 있는
유명 여성 시인들의 신작 시
한밤에 읽고 또 읽는다
누우면 떠오르는 못난이 시절
야단만 쳐서는 꼴이 아니다
시 행간 속 성경 구절 속
회개의 기도를 발견한다
마음에 먼동이 튼다

산통 깨기

당신을 만나서 우아하게 식사 마치고
후식으로 진한 커피 나누고
시시한 뉴스를 벗어나
시 한 줄씩 주고받다가

잠깐만요,
다녀올 곳이 있어서요

무망절에 벌떡 일어서는데
아,
허리가 금세 안 펴지는 거 있지
엉거주춤 스타일 구긴 채
파스라도 붙이고 나올걸,

이야기는 퇴행성退行星으로 날아가고
신생 우주여행 예약하듯
잡학다식 물리치료 이야기로 시보다 진지하게 눌러앉는다

언니

올해 팔순의 언니
우리 동네 오드리 헵번
단발머리 여학생 때
띠동갑 형부의 매력에 넘어가
파란만장 곡절이 기록된 인간사박물관

몇 고랑 텃밭에 씨감자 심어놓고
동생 대접한다고
토종닭 푹 고아서 한 상 차림 구수하다

경로당 노인회장을 맡아온 날
축하 옷 한 벌 값 봉투에 넣어주고
노인회장님! 노인회장님!
말끝마다 붙여 불렀다

순간 입담은 누구도 못 당한다
하나님과 농담도 통한다는 재미있는 권사님
기도 속에 내 이름을 넣는다는 큰 언니

이쁜 옆모습 속에 많은 사람들 떠오른다

팔차선

길거리에 나서지 않아도 이정표는 돌아간다
가만히 있을 때 더 헤매기도 한다

내 안의 안내문을 읽지 않고 통과한 무모한 갈림길
살짝 얼은 블랙아이스처럼 반들반들했다

고막만 남은 동굴에 줄 서서 들어가는
시간 역시 까마귀 빛

가면 소식이 없다, 번번이 나하고 이별이다

어라, 저절로 알아서 가는 사계절
글자도 모르는 저것들
헤매지 않고 길 찾는 저들은 누구의 안내일까

제 안에 뚫린 자유로를 질주하는 까막눈 따라간다

여전하시네

누구를 만날 때마다 입에 붙은 말
뭐를 더 발견하거나 꽃 피우는 황홀함은 어디에 두었나
여전하시다니,
우리 언제 적 하고 그런 것인지

덕담이 짐이 되는 속 근심을 누가 알려나
여전하기가 제일 힘든 일인데
빈말이라도 엄청 큰 부담인데

너 왜 이렇게 팍삭 늙었니
주책없는 누군가의 인사에 동창회와 담을 쌓은 친구는
지금도 씩씩거리며 분이 삭지 않았더라

여전하다는 헛말로 돌려세우기는 그렇고
아니 여전하지 않아서 네가 편안한 거라고 제대로 말을
바꿀까

우스워요

긴장하지 말라는 뜻으로

오디오 볼륨을 올리는 치과 선생님이

'옛 시인의 노래'를 틀어놓고

환자 얼굴을 박박 닦아 낸다

화장 안 한 맨얼굴인데

코, 입 주변을 점점 넓게 문질러댄다

아니, 통증 바깥에까지 그렇게 애를 쓰시나

너무 과하다 싶은 순간 웃음이 슬슬 침처럼 고이기 시작

하는데

이거 참 난감한 일이라는 걸 직감으로 안다

한번 터지면 수습이 안 되는 웃음보,

주먹을 움켜쥐고 안 돼, 안 돼,

입술 감각은 흐려져도

앞뒤 안 재는 이 웃음은 마취가 안 됐네요

ㅇㅇㅇㅇ,

의사 선생님, 너무 우스워요

큰일 났어요,

그래도 눈치 못 챈 원장님은 눈 감지 말고 눈을 떠야 무섭

지 않다고,

기념비, 悲石

그 표석의 명망은 교장 선생님도 모르신다

까맣게 바래버린 불멸
이름자도 뭉개져 버렸다
그냥 덩어리일 뿐
아무도 궁금해하지 않는 음각
이리 옮기고 저리 옮기기만 할 뿐
아예 획도 지워지고 깜깜하다

육이오 때 불탔던 학교를 다시 지어준
아버지 공덕비 오랜만에 찾아간 날,
여전히 안내판도 없이
한구석 왜소하게 서 있는 비석
온갖 풍상 다녀간 어두움만 짙다

모교는 휴일도 없이 보수공사 중인데
비석은 학생들도 모르고 선생님들도 무관심
공사에서도 빠졌다

이름 석 자, 나만 외우는 글자

나도 언제까지 기억할지

역사의 눈을 가린 검은 돌멩이로만 보인다

주저앉고 싶은 체벌처럼

아무리 돌이어도 너무 오래 서 계시게 했나

세운 지 육십팔 년째 늦가을을 맞으니

피차 헛되고 헛된 것

청개구리

응급실 어지러운 침대에 어머니를 눕히고
오줌관 삽입을 허락한다
마흔부터 홀몸을 지켜오셨으나
몸에 대한 권한이 없어진 어머니
의식만으로는 치부를 가릴 수 없다
평소의 당부는 깡그리 잊고
병원 시스템대로 목에까지 관을 넣어
말씀조차 막아버렸다
'내 몸 어디에도 구멍을 뚫게 하지 말아라, 명심해다오'
환청처럼 망설임처럼 우왕좌왕하다가
중환자실을 거쳐 어머니 눈 감으셨다
섣달 폭설의 밤,
안치실 부족으로 집에서 하룻밤 모셨다
동행한 의사의 간단한 사망선고
평생 약골로 사시는 동안
'나 죽으면 화장해라, 병원에 가지 말고 집에서 죽게 해
다오'
고향 산기슭 양지바른 봉분으로 치부를 가리고

앞 도랑물 철철 넘치도록 시원하게 보시는 어머니의 오줌
줄기

샘밭막국수

삼월의 마지막이 아름다웠네
샘밭 순메밀막국수 순한 면발에
꿀떡꿀떡 넘어가는 세 사람 목소리,
내일이면 사월인데
큰 근심 없이 젓가락질하고 있네
햇살에 찬 바람 좀 섞이면 어떤가
식초를 세게 쳐서
새콤함이 지나치면 어떤가
입 한번 실룩, 양념으로 웃음이 터지는 밥상
뜨거운 면수도 후루룩 그릇째 들고
목까지 젖히며 격이 없어진다
배짱 편한 시간,
바로 이 맛이야
사람끼리 간이 맞으니
몇 시간쯤이야 봄바람에 훌훌 날려 보낸다
문제는 내가 대접하기로 했는데
미스 장이 어느새 먼저 계산해 버렸네
그 횡재만 아니면

세상 즐거운 삼월의 마지막 날

사방공사

　개울 바닥 돌멩이 긁어모아 대야에 이고 다닌 마을 사람들

　어른 아이 다 나서서 공사판 일벌이에 나섰다

　하루하루 억척스레 모은 전표를 모아 간조 날이면 목돈을 쥐었다

　차곡차곡 쌓이는 둑방의 높이만큼

　마을의 무자비한 장마도 기가 꺾였다

　전깃불은 몇 년 후에야 들어왔고

　근방의 젊은 연애꾼들은 밤이면 새로 생긴 긴 둑방길을 나란히 걸었다

　여름밤은 달맞이꽃보다 황홀하게 피어났고

　달밤의 하모니카 소리는 낭만을 부추기고

　소문이 퍼져서 먼 동네 총각 처녀들까지 고개를 넘어왔다

　은연중 짝지어주는 억지 소문 자자해

　구만리 광판리 사돈이 맺어지고

　데이트 장소가 여의치 않았던 시골은

　사방공사 덕분에 덕수궁 돌담길 못지않았다

　인기를 누렸던 하모니카 총각은 저 둑방길 뒷산

해는 져서 어두운 무덤에 누운 지 몇 년

귀 아래로 쇠호미 소리 바닥을 훑고

들길은 풀꽃 무성하고

눈 내리는 겨울밤에 더 생각나는

갱변 돌자갈 긁던 그 가난이

정말 가난이었고 진짜 순정 연애둑이었다

여름, 만천천

내가 다니는 길가에
쉬고 있는 꽃들과 물소리
내가 발을 멈추면
언제까지고 기다려주는 화음
마음 가는 길로 쭉 따라 걷는다

김유정의 짝사랑, 박녹주

마지막 생명을 서울 면목동 단칸방에서 슬픔의 완창으로
마감한 여인
젊은 날 유정의 사랑은 안중에도 없던 당대의 명창 박녹주
딱 한 번 유정의 추모제에 춘천을 다녀간 속죄의 술 한 잔
한쪽 눈 실명도 유정을 박대한 죗값만 같아서

살아생전 풀지 못한 애증은
유정의 편지 전해주듯 피어나는 노란 동백으로
앞서거니 뒤서거니 저세상 떠날 때처럼
올해도 만나지 못하고 따로 다녀가셨다

제3부

성립
— 가사조정

법원 앞마당 가을비 거세다
이혼소송 걸린 단풍잎들 비에 젖어 들어선다
갖은 흉허물 덮고 살던 맨몸끼리 서먹하다

미워서 어쩔 줄 모르는 자벌레처럼
의자를 한 치씩 밀어내고 앉는다
경계와 증오
서로 약점 들추기에 혈안이다

나는 이 틈바구니에서 이혼의 흥정꾼이 된다

여름이 가을에게 가을이 겨울에게 하듯 그런 아름다운 이
별을 손에 쥐여줘야 하련만, 턱없는 부부는 에누리 없는 계
산, 양육비까지 밀고 당긴다

탈탈 터는 인신공격에
경사진 법원 언덕마저 치를 떨며 눈 흘기고
알량한 재산도 빚도 젖먹이 친권도 둘로 쪼갠 남남이 되어

묵은 사랑까지 청산하고 일어선다

이혼 조정성립, 이제는 안녕히 헤어지세요

꽃뱀 등기
― 가사조정

    평생 꿈도 꿔보지 못한 꽃뱀이 된 날, 늙은 아내는 기필코 남자의 등기장을 움켜쥐었다
    유혹의 기술은 없으나 믿는 구석이 있었으니 발아래 꿇리는 한 방이 통했다

    겨우 웃는 거 하나 명품인 사내는 잔챙이 꽃뱀들을 보란 듯 물리친 촌부에게 지금 절절매고 있다
    뺑과자 같은 여자들에게 수시로 뜯긴 잔돈푼은 비교도 안 되는 부동산들이 맥없이 넘어가는 중,
    나 죽었소 평생 일만 하던 황소 같은 아내가 급기야 이혼소송을 걸어 법정에 끌어다 놓고
    졸지에 피고가 된 남편에게 자근자근 고문을 던진다

    꽃뱀 보듯 단 한 번이라도 내게 눈길을 줬더라면,
    남편 사랑 못 받는 신세 흙에라도 매달려 논밭 재산 일궜는데
    다 늙어서까지도 정신 못 차리고 또 그 짓을 하고 다니다니
    까딱하면 엉뚱한 여자 한입에 털어 넣고 길거리에 나앉을

생각에 분통이 터져
　여기까지 왔네요
　맘 돌려보려고 땅뙈기 살 때마다 남편 명의로 만들어준 풍수 짓,
　몸도 젊을 적 같지 않고 이젠 남편 따위 소용없어요

　잔꾀 모르던 우직한 아내가,
　몇십 년 생활 줄줄 꿰며 돈 계산 똑 부러지게 갈라놓고
　할래면 하고 말래면 마슈

　내놓을 거라곤 귀책 사유뿐 남편은 쓴 입맛만 다시고 있다
　여름 숲속 늘메기 몇 마리보다 집안에 독이 오른 아내가
　인생 승부수를 던져 최고수 꽃뱀을 자처하는 순간,

　꼼짝없이 재산분할 조정 판결문에 서명을 하고
　그 뒤통수에 대고
　그래도 몇십 년 산 정이 있으니
　이혼소송 건은 취하해주리다

늘그막 홀아비라도 면하게 된 남편은 감지덕지하고

공동명의로 문패가 바뀔 집으로 돌아간, 속 문드러진 약
뱀 내외

종이 부부

— 가사조정

직장 주택 분양용으로 결혼 약속은 성사되고

혼인관계증명서에 부부의 이름부터 올리자,

어차피 진짜 사랑은 내일 약속하자

집이 있어야 새도 머리를 두는 거

여자야, 때로 슬픔하고도 결혼하는 거야

혼인관계증명서에 나란히 등재되어 있는 그때 두 이름

사나흘은 혼수도 알아보고 사랑은 물론이고

봄 지나 새집 초인종 눌러보니

문 열어주는 모르는 여자, 그 집 주인 새댁이라네

이럴 수가 있나 펄펄 뛰었지만

이미 남자의 마음은 강 건너 등불

그 집에서 아이를 낳은 새 여자는 호적상 이름 없는 진짜 엄마

학적부에 오른 호적 엄마는 자기 인생 종 쳤다며

십수 년간 이혼에 동의해 주지 않았더니

급기야 주택 분양 받은 아빠가 원고로 둔갑했네

딱하게도 피고가 된 종이 아내
법원 조정실 천정에, 의자에, 책상 명패에, 원 피고석에
쏟아지는 분노,
허탈함 억울함 눈물범벅, 눈빛에 어리는 절망과 낙심,
수임 변호사도 달래지 못하고
겨우 이야기를 풀어가며 조정을 설득한다
모두의 인생이 꼬이게 만든 주동자는 누구일까

어차피 혼인 생활을 하지 않은 십수 년 세월이 이혼 사유
로야 충분하지만
종내에는 물거품처럼 이혼을 당하게 된 여자,
주택 분양용으로 한 번 쓰이고 쓸데가 없어진 여자
모든 증명서에 종이로만 나부낀 여자
알지도 못하는 아이들의 엄마로 살아온
알지도 못하는 여자를 엄마 이름으로 불러온 아이들
위자료 삼천만 원

종결 합의문에 날인하고 쓸쓸히 법정을 나가는 찢어진 종
이 부부

애인 이름 대다가

— 가사조정

얼떨결에 어린 나이에 부모가 되었는데

삼 년도 못 살고

세 살 된 아들을

서로 안 맡겠다 하니

말도 못 하는 기막힌 아가야

가사조정 법정에서

너 대신 통사정하며

이혼하지 말고 참고 사는 게

양육비, 가정 모두 지킬 수 있는

현실적 방법이라고 타이르고 있단다

서로 과거 애인 이름 대는 진실 게임하다가

점점 열불이 터져 시작된 싸움,

코로나에 걸린 엄마를 친정으로

쫓아내 버린 너의 아빠

가난하기까지 한 마당에

너의 존재는 폭탄 돌리기가 되었구나

법정 밖에는 그렁그렁 봄비 내리고

네 엄마 아빠는 철이 없어도 너무 없구나

솔직히 고백하면 다 이해하겠다는 게임 규칙

어처구니없는 룰을 지키느라

주섬주섬 털어놓다가

엄마 아빠는 지금 법정까지 왔고

종일반에 맡겨져 있는 너의 숨소리는 아랑곳없구나

'양육 조사, 재판 전까지 사전 조치

피고가 현재대로 아기를 키우시고

판결 기일 잡아 연락드리겠습니다'

너는 이 소리 못 듣겠지

너의 의견은 어디에도 반영되지 않아

빗소리로 가름하는 이 기막힌 울음아

가장 아름다운 애인이 너라는 걸 어떻게 설득해야 하니

4월, 눈

눈이라고 그리움이 없겠나

막무가내 퍼붓는 사월

뒤늦게 생각난 폭설, 사랑의 명대사
단숨에 가슴을 쥐뜯어 난사하는

함박눈 휩쓸고 간 지상에는
그 격정의 사랑 쌓아둘 수 없어

장렬한 심장들이 콸콸 녹아 흐른다

남이섬

남이섬에 들어오면
이곳의 말을 들을 줄 알아야 한다
모든 거 내려놓고
천천히, 하나만 고르라 한다
능을 지나
나뭇가지 가리키는 바람 따라
머리카락 휘날리는 곳
구경이 아니라
너를 기다리는 강물이 되라고 한다

공지천의 봄

꽃이 배경이 아니라 사람이 배경이다

봉오리 터지듯 튀어나온 사람들 앞세우고

바람에 춤추거나 봄비 따라 떠나가는 꽃 천지

꽃이 저리 만발한데 본 척하지 않으면

저 꽃도 분명 나에게서 눈 감으리

서로의 향긋한 기적을 가슴에 품으며

간직한 사랑을 잠깐 동안에 다 쏟아부으리

벚꽃이 바람을 좋아하는 거,

눈물 벼락 봄비가 그 마음을 단번에 알아줬다는 거지

돌배꽃

산골 농사꾼 사내가 돌배꽃 향기를 보내왔네

오도치 마을 강바람 언덕에서 이리저리 돌려 찍은 방향 따라

혼자 있던 봄이 떼로 몰려오는 중이네

흙도 털지 못한 사진들,

꽃을 자꾸 퍼 나르는 너도 나이 드는구나

쉴 새 없이 꽃 지고 돌배가 열리면

돌배 서리하던 가을날 들키지 않고 내달린 길

아무것도 차리지 말고 그거나 한 접시 찍어서 보내주시렴

전나무와 가을 운동회

학교 교목 전나무는 작년보다 울창해 보인다
열대여섯 그루 남짓,
푸르게 열병하고 있는 울타리 저 너머 팔봉산이 병풍처럼
서 있다

웅장한 나무와 산과 더불어
한때 운동장 가득 줄 서서 키가 자라던
인편에 전해오던 편지들처럼 구깃구깃 접힌 얼굴들이 삼
삼오오 들어선다
가을꽃 담은 눈동자들,
놓치고 있었던 그리움들이
가득가득 담겨 출렁거렸다

찍어대기만 하고 돌아오지 않을 사진들
자꾸 눌러대고
석쇠 위 노릇노릇 삼겹살 구워
계주 선수처럼 달려가
제 동기들 입에 넣어주는 나이 들어도 살가운 우정이

전나무 아래 고물고물하다

웃음 널린 하루해가 서쪽까지 닿았는데
경품에 발이 묶인 타향 객지,
쿵짝쿵짝 한 아름씩 선물 안겨 보내는
고향 땅 지킴이들이
천막 위에 내려온 전나무 그늘을
잘 접어두고 있는 가을 운동회

노일강 은사시나무숲

살얼음 띄운 노일강
초겨울에 벗겨진 고무신 한 짝, 색 바랜 저 나룻배

발 시린 강변에 함박눈 내린다

멀리 앞산의 은사시나무
백발을 털며 겨울 구도에 들어간다

뱀 다섯 마리

겨울 무렵이면 담배 수납장이 선다
옛 전매청에서 동네 갱변에 대형 텐트를 치고
인근 각처 담배 농사꾼들은 두둑이 현금을 챙기고
더러는 노름방에 눌러앉았다
황덕불에 둘러서서 뱀을 구워 먹는 것을 보았다
단숨에 껍질을 벗긴 사람이 누구였는지

알밤 주우러 큰댁 뒷산에 올랐다가
오줌 마려워서 치마 걷고 쭈그려 앉았는데
낙엽 사이로 스르륵 가을 뱀이 내려왔다
팔짝 놀라 옆으로 옮기는 사이
뱀과 오줌은 같은 산 아래로 흘렀고, 알밤은 혼비백산 어
디로 갔는지

여름 옥수수밭에 좋다리 차고 내달려 뛰었다
도랑길 건너려는 순간 뭉클한 촉감이
가로질러 가는 뱀을 밟은 것이다
각자 놀라서 가로 뛰고 세로 뛰었다

지금도 그 촉감 발바닥에 살아날 때 있어
덜 익은 옥수수 비린내처럼 스륵

6학년 가을 운동회
달리기에서 상 한 번 탄 적 없는 굼벵이가
드디어 등수 안에 들어 공책을 탔다
전날, 학교 철봉에 매달린 손등에 다가오는
구렁이 꿈을 꾼 것밖에는 비법을 찾을 수가

우리 집 뒤채는 기와집 양조장이고, 안채는 재목이 굵고
대들보도 우람했다
여름에도 높은 처마까지 장작을 쟁여두었는데
너무 더워서였는지 굵은 구렁이가 기어 나와
넓은 마당 한가운데 똬리를 틀고 앉았다 사라진 이후
기왓장과 기둥 제목은 서울 사람이 사가고
화롯가에서 오백 원권 돈을 세시던 어머니
우리는 구렁이처럼 그 집을 떠나

뱀 이어쓰기, 하다못해 뱀까지 그리워하며 쓴 일기를 보니 또 그립다

가수

대형 음악회 녹화 중이었어

소나기 겨우 멈춘 유월에 주최 측에서 나눠준 우비로 비닐하우스 대단지를 이뤘지

세대를 가리지 않고 만석을 이룬 삼천동 고수부지

쏟아내도 고이는 설움 같은 구름 하늘, 등에서 겨우 잠든 아이 같았어

언제 울음 터질지 몰라 우비를 꼭 잠그고 식전 보조 진행자 유쾌한 말끝에서

배꼽을 쥐었어

조마조마한 특집 방송

'모르는 사람과 갑자기 눈이 마주치면 얼마나 무서운지 아세요?

카메라 렌즈도 그렇게 빤히 쳐다보면 무섬증을 탑니다'

주의 사항에 박장대소,

정말 그럴 거야, 상상하며 하하하

대학가요제에서 입상한 칠십 년대 가수가 무대에 올라 히트곡 열창.

모두 잘 아는 국민들 뼛속까지 녹아든 노래

군중들 목소리에 섞인 가수의 음정이 어느 틈에 비켜 날
아가고

제 자리를 찾지 못하네

어떡하지, 어떡하지

모두가 놀라서 안절부절

세월이 흘렀구나, 짠하고 안타까워서

정규방송을 맘 졸여 보고 있는데

음정도 박자도 멋진 제스처까지 아무 일 없던 듯

제 음을 찾아서 전국 전파를 무사히 탔다

임벽당 김 씨

충남 서천군 비인면 남당리, 아직도 첩첩산중
오백 년 넘은 은행나무와
산비탈 호위하는 울창한 대숲과
빈녀음貧女吟을 필두로 그녀의 시비들이
조선 삼대 여류 시인 중 한 분이었다는
명맥에 비해 초라한 행색으로 맞는다
그 적요함에 시는 오롯한 독백으로 읽히고
신사임당, 허난설헌과 함께 회자되는 임벽당,
기묘사화를 피해 낙향한 부군 유여주와 함께
꽃 피면 봄이요, 낙엽 지면 가을을 알 뿐
임벽당 정원 안내판에는
조선 중종 시대와 오늘의 춘삼월 바람만 오간다
지난해 연꽃 진 돌담 사이로
샛노란 수선화 몇 송이 새 붓을 들고 있다
빈녀음을 이어 쓰는 중인지
사람 발자국 뜸한 여기, 발길 돌리는 나에게
적막함 푸짐히 대접해 주신
대나무 일렁이는 바람 소리

휘어지며 일어서는

가난한 여인의 노래

강릉 경포호

— 인연

바람 센 경포에서 묵어가네요

왼쪽 창으로 보이는 경포호가 잠 못 이루니

나도 따라 설치고 뒤척이네요

갑자기 불면이 즐거워져요

훌쩍 뛰어넘을 요량으로 밤을 걷어차요

객지 나선 입동에 올라앉아

앞트임도 뒤트임도 없는 시간도 그냥 돼요

이렇게 믿음이 가는 날밤도 드물어요

장마철에 물결 놀이 하던 어릴 적 기억이 납니다

무릎 위까지 넘실대는 흙탕물 내려다보면서

한 번도 구경한 적 없는 비행기 탄다고 했지요

한참 내려다보노라면

드디어 막 재미있는 순간, 어지러움이 시작되거든요

애들이 줄 서서 궁금한 비행기처럼 어질거렸어요

경포호도 만만치 않네요

물은 점점 불어나는데 젊은 엄마들은 어디에 있었는지

어서들 나와, 소리 지르지 않았어요

억척스런 목숨으로 살아남은 우리들 중에

지게로 이삿짐 지고 고개를 넘어 도시로 간 친구가 있어요

한 파도를 먼저 이겨낸 거지요

아, 가을에 여름 이야기를 하고 있네요

사람 인연도 그래요

누굴 먼저 잊어버렸는지

고향 땅 노래처럼 거기가 여긴지 여기가 거긴지

물결 요동치는 새벽 경포호

아침이면 불면도 체크아웃,

숱한 탄성에 닳아빠진 세련된 태양 말고

질리지 않는 일출을 만나고 싶어요

눈치 없는 구름, 허술한 파도끼리 새로운 바다를 만들고
싶네요

어디에서 너트 공장에 나간다는 소식만 들리는

몇십 년 전 머리에 이고 간 친구의 이삿짐 보따리를 받아서

지금 함께 풀어보고 싶어요

격리

국가의 통보를 받고
일주일 따로 논다

짧아서인가?

사실 무엇과 떼어놓은 건지
갑갑하거나 지루하지 않다

밥 먹자

이렇게 무덥고 목마른 날

만나러 나서기도 무서운 정오

언제부터 밥 한번 먹자 노래 불렀는데

삼복이 다 지나도록 빈 소리만 되었네요

너무 덥기도 하고 무엇보다 할 말이 무엇인지

생각이 잘 나지 않아요

내가 뭐라 했는지,

적어놓지 않으면 날아가는 시간이

가볍지 않네요

묶어놓고 잡아놓아도 갈 것들은 다 가버리네요

밥 한번 먹자는 말은 헤어지기 직전에 던지는

돌아서기 위해 그냥 손 흔드는 빈말,

이렇게 저렇게 헤어진 뒤

오늘은 그 많은 헛소리를 혼자 다 먹기 시작합니다

밥 한번 먹자

그 가벼운 소리도 실천하지 못하는 혼밥의 하루입니다

겨울비

겨울비 내립니다
11월과 12월을 사이에 두고
비였다가 눈이었다가
뒤섞이며 세월을 지나갑니다
가슴에 손을 얹은 먼 산이 기도드리고 있습니다

내 손에 쥔 것이 무엇이며
내 이름이 무엇이며
내가 어찌하여 여기에 있으며
내가 무엇을 보느냐고
물어볼 말씀이 하얗게 쌓입니다

혼잣말 잘 알아듣는 이가 계시기에
한 해가 다 가는 줄도 모르고
자꾸 똑같은 말을 걸었습니다

내 이름 또한 애초에 겨울비는 아니었겠지요
봄비, 소낙비, 보슬비, 때에 따라 다른 온도였으며

막막한 두려움이었을 테지요

따뜻한 눈물이 가는 그 길에 동행합니다

할 말 다 하고 엄마가

'오늘은 아무리 바쁜 일이 있어도 꼭 들려가거라'
스프링 노트 한 권과 일본어 EBS 교재 한 권, 사자성어
한 권
임종 보름 전 집으로 부르셔서
보시던 책이라며 세 권을 들려주셨다
「산 너머 남촌에는」
노래 딱 한 곡 자필로 쓰신 노트 첫 장
몇 장은 뜯어낸 자국이 있었다
무엇을 쓰셨었을까
즐겨 부르시던 유행가 다 제쳐두고 왜 이 노래를 적으셨
는지
사회활동 하려면 아는 게 많아야 한다, 하루에 사자성어
하나씩 꼭 외워라
히라카나, 카타카나, 교육방송 보면서 공부하거라

딸에게 편지를 보내실 때마다 꼭 말미에 쓰시던 종결어미
'―할 말 다 하고 엄마가―'

정작 하고 싶은 말은 가슴에 담아두고

가실 때조차 중환자실에서 손만 꼭 잡았다 놓으신

산 너머 남촌, 섣달에 가셨으니 보리 내음새도 없었을 텐데

여든다섯 해 두루 잘 다녀가신 건가

어두운 남촌 등잔불 밑에서 종규 할머니 편지를 대신 써
주고 계실지

그날 황급히 숨기시던 또 한 권의 노트 제목은 '日記帳'이
었다

응급실 가시기 전 어디에다가 태우셨을까

종이 타는 냄새

찾아도 찾아도 찾을 수 없었다

평생 그리움으로 사신 어머니

할 말 대신 시를 적어 유언으로 남겨주신 어머니

'—할 말 다 못하고 막내딸이—'

산너머 남촌에는 누가 살길에
해마다 봄바람이 낙으 로 오나
아 꽃피는 사월이며 진달래 향기
　　밀잎은 오월이면 보리 냄을세
　　어느것 한가진들 시려 아오리
　　해마다 봄바람이 남으 로오나

산너머 남촌에는 누가 살길에
저하늘 저빛깔이 그리 고흘가
아 금잔디 넓은뜰엔 호랑나비떼
　　버들가 실게천엔 종달새노래
　　어느것 한가진들 시려 아오리
　　남촌서 남풍불면 나는 좋태나

존재에 대한 깊은 사유와 서정

허형만

존재에 대한 깊은 사유와 서정

허형만

(시인, 목포대 명예교수)

김금분 시인의 다섯 번째 신작 시집 『아름다운 립스틱, 저녁놀』은 고희를 앞둔 연륜이 묻어나는 삶에 대한 깊은 사유와 시인으로서의 창의적인 생명력을 느끼게 한다. 등단한 지 올해로 34년, 김금분 시인의 작품 세계에 대해 권혁웅 시인은 "김금분의 시는 멀리 떨어져 있는 이의 슬픔과 간절함"(『사랑, 한 통화도 안 되는 거리』, 1999)이라고, 최호빈 시인은 "시간의 순환에 관한 성찰을 토대로 삶의 내적 질서가 형성되는 과정을 통해 새로운 서정시의 가능성을 일깨우면서 우리에게 내밀한 감동"(『외로움이 아깝다』, 2017)을 준다고 평가한다. 또한,

송기한 문학평론가는 "김금분의 시들은 고향이라는 절대적 공간을 기반으로 하고 있다. 그곳은 시인의 동일성과 자신의 영원한 꿈이 깃들어 있는 공간이다. 하지만 이 아름다운 공간마저도 근대의 어두운 단면으로부터 자유롭지 못했다. 그 속에서 시인은 내밀한 상처를 치유하고, 미래를 향한 새로운 동력을 확보하고자 했다"(『강으로 향하는 문』, 2021)라고 평가한다. 그러면 이제 이번 시집 『아름다운 립스틱, 저녁놀』의 작품 세계를 살펴보자.

> 화장이 짙어지는 저녁놀
>
> 손가락질 못 하겠네
>
> 지구는 나이 들고
>
> 엄마들은 바람이 빠지고
>
> 태양은 몸이 뜨거워
>
> 봉숭아는 고개 떨구고
>
> 오징어는 다른 바다로 피신을 하고
>
> 봉분이 없어지고
>
> 시신은 불태워지고
>
> 숯불구이에 입맛이 들고
>
> 아이스아메리카노에는 얼음이 커피보다 많고
>
> 싸움이 붙어야 알아듣는 열 받은 귀
>
> 만나는 사람 숫자만큼 복제되다가

살 만큼 살고 떠나는

아름다운 립스틱, 저녁놀

— 「저녁놀」 전문

저녁놀만큼 환상적인 풍경은 없으리라. 많은 시인들이 저녁
놀을 노래했지만, 김금분 시인은 여성의 눈으로 "화장이 짙어
지는", "아름다운 립스틱"과 같은 감각적인 색채이미지를 통해
더욱 환상적으로 그려내고 있다. 첫 행과 마지막 행의 이 두
비유만으로도 충분히 저녁놀의 이미지를 시각적으로 보여주
고 있다. 그러나 김금분 시인은 이 환상적인 저녁놀을 자연 현
상으로서의 경탄에 머물지 않고 나이 든 시인의 사유의 폭 안
으로 끌어들이고 있다.

이 시는 나이 든 지구, 뜨거운 몸의 태양, 고개 떨구는 봉숭
아, 다른 바다로 피신하는 오징어를 통해 인류가 직면하고 있
는 기후 환경의 변화로 인한 문제를 직시할 뿐 아니라 "숯불구
이에 입맛이 들고/ 아이스아메리카노에는 얼음이 커피보다
많고/ 싸움이 붙어야 알아듣는 열 받은 귀"처럼 오늘날의 인
간 생태를 패러디함으로써 아침에 떠서 저녁에 노을로 지기까
지 "살 만큼 살고 떠나는" 태양의 생이 겪는 과정을 보여준다.
여기서 태양의 생은 곧 시인의 생에 다름 아니며, 나이 듦에서
얻어진 사유의 한 모습이다.

인생은 앞을 내다보며 살아야 하지만 그것을 이해하려면 뒤

를 돌아보아야 한다던 키르케고르의 말과 프랭크 커닝햄이
『나이 듦의 품격』에서 "나이가 든다는 것은 살아온 기억들을
되돌아보고, 그것의 의미를 찾는 것, 그 기억들을 있는 그대로
받아들이고 기억에 예를 갖추는 것"이라는 말은 시인에게는
생에 대한 사유가 얼마나 소중한가를 대변한다.

　　光中, 직사각형 배지가 촌스럽다고 생각했다

　　백합꽃 그려진 동그란 배지, 시내 여중생을 동경하였다

　　남녀공학, 허허벌판에 교실 두 칸, 전교생 34명

　　그 전 해에 국회의원 후보자가 선거 연설 중에

　　'내가 당선되면 이 마을에 중학교를 세워 드리겠습니다'

　　그의 당선으로 신설 공립 중학교가 생기고

　　1회 신입생들은 나이도 들쭉날쭉

　　수업보다는 울타리 나무에 거름 주고

　　자갈밭 돌멩이 주워 나른 시간이 더 많아

　　어느 날, 등교하자마자 교무실로 불려 간 여학생 셋은

　　담임 선생님한테 다짜고짜 **뺨**을 한 대씩 정신 나게 얻어맞
았다

　　'어제 집에 바로 가지 않고 숙직실에서 박 선생님이랑 화투
쳤지?'

　　늦게 오는 버스를 기다리는 사이 잠깐……

　　매 맞지 않고서는 하루가 안 끝나는 남학생들과

축구 배구 섞어서 운동장을 뛰었다

팔봉산 당굿 날 구경한다고

둘째 봉우리를 직선으로 치뛰어오르기도 하였다

공부는 경쟁하듯 뒷전이고

나는 산더미같이 배달되는 펜팔 편지를 몰수당하고

교장 선생님께 호되게 야단을 맞고서야 책을 잡았다

네모난 배지 탓이라 여겼다

촌사람보고 촌스럽다는 맞는 얘기도 당사자가 들으면,

이십 리 안팎에서도 멀다 않고

나이도 서너 살 차이 동급생들이 삼 년을 어울려

무사히 졸업장을 받은 동창들,

고마운 고생과 우정, 정치인의 약속, 배지의 열등감

한 시대의 막대그래프 속에 우뚝 솟아 있다

—「光中」전문

  김금분 시인의 중학생 시절에 대한 기억이 서사적으로 그려
져 있다. 시인이 다니던 신설 공립 중학교는 "허허벌판에 교실
두 칸, 전교생 34명"인 "남녀공학"이다. 남녀공학이다 보니 에
피소드도 많다. 우선, 시내에 있는 "백합꽃 그려진 동그란 배
지"의 여자중학교와는 달리 "光中"이라고 박힌 "직사각형 배
지"가 촌스러워 열등감에 젖었고, 시골 신설 학교인지라 신입
생들 나이도 들쭉날쭉한데다 무엇보다 "수업보다는 울타리 나

무에 거름 주고/ 자갈밭 돌멩이 주워 나른 시간이 더" 많다. 방과 후 집에 바로 가지 않고 숙직실에서 선생님과 화투 쳤다고 담임선생님께 뺨 맞은 여학생이며, "매 맞지 않고서는 하루가 안 끝나는 남학생들"은 "공부는 경쟁하듯 뒷전"이었다.

시인은 "산더미같이 배달되는 펜팔 편지를 몰수당하고/ 교장 선생님께 호되게 야단을 맞고서야 책을 잡았다". 그 시절을 돌아보니 학생들은 "이십 리 안팎에서도 멀다 않고" 학교를 다녔고, 동급생들은 "나이도 서너 살 차이"가 있었지만, 삼 년 동안 무사히 학업을 마쳐 졸업장을 받을 수 있었다. 시인은 선거 공약으로 내세워 당선되니 학교를 설립해 준 국회의원이 고맙고, 함께 동고동락한 동창들의 고생과 우정이 고맙고, 어린 마음이지만 배지의 열등감이 오히려 성취의 원동력이 되었음을 고마워한다.

또한, 「뱀 다섯 마리」도 서사적이다. 이 시에서는 특히 "겨울 무렵이면 담배 수납장이 선다/ 옛 전매청에서 동네 갱변에 대형 텐트를 치고/ 인근 각처 담배 농사꾼들은 두둑이 현금을 챙기고/ 더러는 노름방에 눌러앉았다/ 황덕불에 둘러서서 뱀을 구워 먹는 것을 보았다"는, 당시 담배 농사 수납을 끝낸 농민들의 생활상이, 그리고 「사방공사」에서는 "개울 바닥 돌멩이 긁어모아 대야에 이고 다닌 마을 사람들/ 어른 아이 다 나서서 공사판 일벌이에 나섰다/ 하루하루 억척스레 모은 전표를 모아 간조 날이면 목돈을" 손에 쥔 마을 사람들의 삶이, 생생하게 살아난다.

금붙이가 되어 드리지 못했다

태몽에서만 금비녀, 금가락지, 온통 번쩍거리는 장신구였던

양조장 술 거르다가 배가 아파져 끙하고 낳았다는

꿈에 걸려 이름자 가운데에 금을 새겨주고

순하게 자라는 덕에 학교도 일찍 보내고

그다음에는 흐르는 대로 키운

이름이 웃기기도 하고 촌스럽기도 한데

동네 이름까지 엎친 데 덮친

그 안에서 참 별일 많았지

여름밤 고려영배사 가설극장이 들어오면

어머니는 나를 포대기에 업고 입장하셨지

캄캄한 밤중에 돌아오다가 논두렁에서 구르고

어느 가을날,

문 닫힌 아파트 계단에 국화 한 다발 안고 기다리시다가

애야, 국화꽃에서도 쑥 냄새가 나는구나

팔순을 바라보시던 그 얼굴이 환해지셨지

젊을 때는 박꽃 같았단다, 나도

한복 맵시가 있으시던

금분아, 내 이름을 제일 많이 불러주시다 돌아가신 어머니

금송아지라고 불러주시던 동네 분들도 다 가시고

어려운 일 있을 때마다 꿈에서 도와주시는 금분이 엄마

영사기 돌아가듯 빗줄기 줄줄 흐른다

—「작명」 전문

김금분 시인의 시를 읽으면 변화와 생성은 생명의 과정에 내재하는 특질이라는 에리히 프롬의 말을 떠올린다. 그만큼 김금분 시인의 시에는 생성되고 변화하지 않는 존재란 없다는 말이다. 그 존재의 매개자는 단연 어머니다. 시인을 존재하게 하는 '금분'의 이름 작명에 관한 이야기는 어머니의 태몽에서 부터 시작된다. 어머니는 "금비녀, 금가락지, 온통 번쩍거리는 장신구"를 태몽으로 꾼 날, 가업인 "양조장 술 거르다가 배가 아파져" 시인을 낳고, "꿈에 걸려 이름자 가운데에 금을" 새긴 이름을 지었다. 그리하여 '금분'이라는 이름이 되었는데, 동네 분들은 "금송아지"라고 불러주셨고, 학교 다닐 때는 "이름이 웃기기도 하고 촌스럽"다고 생각했다. 그래도 돌아가신 어머니가 "금분아" 하고, 시인의 이름을 "제일 많이" 불러주셨다.

「할 말 다 하고 엄마가」에서 "임종 보름 전 집으로" 부르시어 보시던 책이라며 "스프링 노트 한 권과 일본어 EBS 교재 한 권, 사자성어 한 권"을 주시면서 "사회활동 하려면 아는 게 많아야 한다, 하루에 사자성어 하나씩 꼭 외워라/ 히라카나, 카타카나, 교육방송 보면서 공부"하라고, 딸에 대한 걱정과 사랑을 보여주시던 어머니는 '여든다섯 해 중환자실'에서 소천하셨다. "섣달 폭설의 밤"(「청개구리」)이었다.

법원 앞마당 가을비 거세다

이혼소송 걸린 단풍잎들 비에 젖어 들어선다

갖은 흉허물 덮고 살던 맨몸끼리 서먹하다

미워서 어쩔 줄 모르는 자벌레처럼

의자를 한 치씩 밀어내고 앉는다

경계와 증오

서로 약점 들추기에 혈안이다

나는 이 틈바구니에서 이혼의 흥정꾼이 된다

여름이 가을에게 가을이 겨울에게 하듯 그런 아름다운 이
별을 손에 쥐여줘야 하련만, 턱없는 부부는 에누리 없는 계산,
양육비까지 밀고 당긴다

탈탈 터는 인신공격에

경사진 법원 언덕마저 치를 떨며 눈 흘기고

알량한 재산도 빚도 젖먹이 친권도 둘로 쪼갠 남남이 되어

묵은 사랑까지 청산하고 일어선다

이혼 조정성립, 이제는 안녕히 헤어지세요

―「성립 ― 가사조정」전문

　　김금분 시인의 이번 시집에는 자신의 사회활동과 사회적 지위에 관한 신분을 눈치챌 수 있게 하는 시로 '가사조정'이라는 부제가 붙은 4편의 시가 유독 눈에 띈다. 시인이 가정법원의 가사조정위원으로 활동하면서 쓴 시들인 셈이다. 가사조정위원회는 가정 내 문제나 분쟁을 해결하기 위해 설치된 위원회이다. 가사조정위원은 가정 내 분쟁, 이혼 및 재산분할, 양육권 및 양육비 문제 해결, 가정폭력 사건 등의 조정에 참여하여 법적인 판결 이전에 당사자 간의 자발적인 합의를 통해 분쟁을 해결하고, 가정 내 갈등을 완화하려고 노력한다. 그중 두 건을 대표적으로 소개한다.

　　위의 시는 가을비 내리는 날의 가사조정 상황이다. "이혼소송 걸린" 부부와 "단풍잎"의 상태를 비유함으로써 그들의 운명을 미리 예견케 하는 데서부터 시작되어, 마지막 "이혼 조정성립, 이제는 안녕히 헤어지세요"로 끝내는 구조를 이루고 있다. "경계와 증오/ 서로 약점 들추기에 혈안"인 부부의 "틈바구니에서" 시인은 "이혼의 흥정꾼이 된다". 시인은 기왕에 하는 이혼이라면 "여름이 가을에게 가을이 겨울에게 하듯 그런 아름다운 이별을 손에 쥐여"주고자 한다. 그러나 다소 낭만적이고 아름다운 시인의 생각과는 전혀 반대인 "턱없는 부부는 에누리 없는 계산, 양육비까지 밀고 당"기며 한 치의 양보도 없다.

"탈탈 터는 인신공격"은 물론 "묵은 사랑까지 청산하고 일어선다". 결국 조정위원회는 "이혼 조정성립"을 선언한다.

이처럼 이혼 조정성립과는 달리 재산분할 조정 건도 있다. 「꽃뱀 등기」는 다분히 해학적인 표현으로 "나 죽었소 평생 일만 하던 황소 같은 아내가" 정신 못 차리는 남편 "맘 돌려보려고 땅뙈기 살 때마다 남편 명의로" 해준 등기가 "뺑과자 같은 여자들에게 수시로 뜯긴 잔돈푼은 비교도 안 되는 부동산들이 맥없이 넘어가는 중"에 아내가 급기야 이혼소송을 걸었다. 아내의 이혼소송 이유는 이렇다. "꽃뱀 보듯 단 한 번이라도 내게 눈길을 줬더라면,/ 남편 사랑 못 받는 신세 흙에라도 매달려 논밭 재산 일궜는데/ 다 늙어서까지도 정신 못 차리고 또 그 짓을 하고 다니다니/ 까딱하면 엉뚱한 여자 한입에 털어 넣고 길거리에 나앉을 생각에 분통이 터져/ 여기까지 왔네요". 이 사건은 결국 재산분할 조정 판결문에 서명하는 것으로 끝나고 이혼소송 건은 취하해 주었다.

김금분 시인은 춘천에서 태어나 지금껏 춘천에서 거주하고 있다. 그래서 매번 출간하는 시집마다 춘천에 관한 작품들이 실려 있다. 특히 네 번째 시집 『강으로 향하는 문』은 「시인의 말」에서 "춘천에서 출발해서 내 시가 있는 춘천으로 돌아온다"고 말했듯이 춘천에 관한 시가 다수 발표되고 있다. 이번 다섯 번째 시집 『아름다운 립스틱, 저녁놀』에서도 예외는 아니나 좀 다른 게 춘천에 관한 시는 다섯 편 정도인데 반해 강릉, 원주, 원통, 홍천과 같은 강원도 일대의 시와 충남 서천의 의성 김씨에 관한 시가 돋보인다.

초여름 소양강 기슭에

푸들쩍

공중제비 잉어

수면 위 솟구친 자리에

아침 햇살 따라다니며

참 잘했어요, 동그라미 파문으로 응원한다

산란의 몸 트림

싱싱한 수초 속에서

출산기 잉어 떼들이

막판 진통 토해낼 때마다

함께 힘을 모아주는 이 땅의 젊은 산모들

만삭의 풍어가 뭉텅 쏟아지는 아침 강

여명의 보랏빛 출혈

산후 몸조리 도와주는 맑은 하늘과

햇비늘 생명을 받아안는 융숭한 강물

　　　　　　　　　　　　　　　―「융숭한 강물」 전문

1970년 김태희의 〈소양강 처녀〉는 가요계를 휩쓸었다. 그

만큼 소양강은 춘천의 또 다른 이름이다. 김금분 시인은 시집 『강으로 향하는 문』에서도 「춘천, 무진」, 「소양강 처녀상」, 「춘천, 하롱베이」 등 소양강 주제 시편들을 보여주었다. 이 시에서는 소양강이 "맑은 하늘과/ 햇비늘 생명을 받아안는 융숭한 강물"로 치환되면서 소양강의 생명성을 노래하고 있다. '융숭隆崇하다'는 말, '극진하고 정성스럽다'는 말은 참 따뜻하다. 시인은 지금 "초여름 소양강 기슭"을 관찰한다. 잉어가 수면 위로 치솟아 공중제비하고, "싱싱한 수초 속에서"는 한창 출산기의 잉어 떼들이 막판 진통 토해내더니 "만삭의 풍어가 뭉텅" 쏟아진다. "여명의 보랏빛"으로 아침 강이 물든다. 마침내 강물은 갓 태어난 생명을 받아안는다. 우주의 신비로움이 여기 소양강 기슭 수초에서 일어나고 있음을 시인은 놓치지 않는다.

김금분 시인은 소양강을 비롯한 고향 춘천은 물론 강릉 경포호 근처에서의 일박, 원주 공원에서의 버스킹, 원통 장날 매상을 올리지 못한 할머니에 대한 사유의 깊이를 보여주고 있다. 그중 어린 시절 홍천으로 소풍 갔던 추억은 잊을 수 없다. 시 「강돌」에서다. 소풍날 갑자기 시킨 노래에 얼굴이 빨개졌던 일, "나룻배 없어도 출렁이는" "팔봉강"의 강돌을 뒤지며 보물을 찾던 일, 보물을 찾으면 "연필 한 자루"를 받았다. 그러나 무엇보다도 "팔봉강 물 안팎엔 손안에 쥘 만한 돌이 많"아 "아무거나 집어서 그 강에 던지고 돌아서면/ 팔봉산 아래 떨어지는 물소리/ 지금도 풍덩 어머니 가슴에 깊이 떨어질 때 있"음을 잊을 수 없다. 그만큼 시인은 나이가 들어도 고향을 떠나지 않고 강인하고 고결한 소나무처럼 고향을 지키며 온전한 정서적 체험을 체화시키고 있다. ▧

∣ **김금분** ∣

1955년 강원 춘천에서 태어나 살고 있으며, 한림대학교 대학원 국어국문
학과 석사를 수료하였다. 1990년『월간문학』으로 등단하였고, 시집『화
법전환』『사랑, 한 통화도 안되는 거리』『외로움이 아깝다』『강으로 향
하는 문』 둥이 있다. 김유정문학촌장, 강원예총수석부회장, 강원도의원
을 역임했으며. 현재 (사)김유정기념사업회이사상, 강원여성시인회 산까
치회장, 강원문인협회자문위원, 강원특별자치도 여성특보, (재)강원문화
재단 이사를 맡고 있다. 국민포장, 여성가족부장관상, 한국예총공로상,
강원문학상, 강원여성문학상대상 등을 수상했다.

이메일 : kgb7270@hanmail.net

현대시 기획선 110
아름다운 립스틱, 저녁놀

초판 인쇄 · 2024년 9월 25일
초판 발행 · 2024년 9월 30일
지은이 · 김금분
펴낸이 · 이선희
펴낸곳 · 한국문연
서울 서대문구 증가로29길 12-27, 101호
출판등록 1988년 3월 3일 제3-188호
편집실 ∣ 서울 서대문구 증가로31길 39, 202호
대표전화 302-2717 ∣ 팩스 · 6442-6053
디지털 현대시 www.koreapoem.co.kr
이메일 koreapoem@hanmail.net

ⓒ 김금분 2024
ISBN 978-89-6104-365-6 03810

값 12,000원

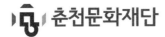 춘천문화재단

* 본 책은 춘천문화재단 후원으로 발간되었습니다.